En recuerdo de Mauro Evangelista

Título original: *Chi sa che cosa sia la felicità, lo dica*
Escrito por Luca Tortolini
Ilustraciones de Marco Somà

Primera edición: marzo de 2025


Valentín Beato, 21. 28037 Madrid
www.anayainfantilyjuvenil.com

PAPEL DE FIBRA CERTIFICADA

ISBN: 978-84-143-4316-6
Depósito legal: M-24479-2024
Impreso en España - Printed in Spain

LUCA TORTOLINI MARCO SOMÀ

# ¿QUÉ ES LA FELICIDAD?

Traducción de Carlos Gumpert

ANAYA

Nadie sabe bien qué es la felicidad.
Hay quien la busca.
Hay quien la malgasta.

Algunos ni la ven cuando pasa a su lado.
¿Será algo pequeño o será algo grande?

Quien sepa qué es la felicidad que lo diga.
Que no se lo guarde dentro.

Es una palabra que puede decirse en todos los idiomas.
Pero ¿expresará lo mismo?
¿Valdrá igual para todos?

Hay quien no la llama de ninguna forma.

Algunos la esperan durante toda su vida.
Hay quien no la reconoce, aunque choque con ella.
Hay quien solo la roza al atravesarla.

Algunos la buscan en sueños.

La felicidad cambia siempre de aspecto.
Hasta puede dar miedo.

Por eso a veces algunos salen corriendo.
Quien sepa qué es la felicidad que lo diga.
Que no se lo guarde dentro.

¿Se esconderá en los objetos nuevos
o en los de otros tiempos?

¿Estará en las caricias?
¿O en las palabras amables?

Quien sepa qué es la felicidad que lo diga.
Que no se lo guarde dentro.

He visto a algunos comprarla.
He visto a gente encerrarla.
He visto a muchos venderla.

ShOP

Qué resbaladiza puede ser la felicidad, creo yo.

Quien sepa qué es la felicidad que lo diga.
Que no se lo guarde dentro.

Yo no sé bien lo que es,
pero, cuando estoy contigo...,

puedo decir que, si esto no es la felicidad,
se le parece mucho.